심야의 기도

마이클 이 시집

심야의 기도

별이 보이는 작은 창가에서

마이클 이 지음

이 작가의 詩 속에는 哲學이 있고 靈魂이 있다. 말초신경을 자극하는 언어의 유희가 없다. 그러나 인간의 本初的 自我가 그의 詩 속에 숨 쉬고 있다. 공원 속의 인공호수가 아니고 유구한 자연의 역사 속에서 풍우작용과 지각의 변화에 의해 자연적으로 이루어진 강을 보는 것 같다. 그의 詩는 깊은 숲과 같다. 걸어 들어갈수록 더욱 울창하다. 詩는 짧은 글의 형식 속에 자아를 담아서 詩 밖의 독자들과 대화하고 호흡을 맞추어야 하기 때문에 詩語와 闇의 조화를 갖추어야 한다. 藝術의 아름다움은 구조상의 '씸메추리'와 내용의 조화에 있다. 작가는 이 점을 아주 자연스럽게 처리하고 있다. 작가의 시 「어머니」는 1994년 KBS에서 어버이날 주제 시로 방송되었고 그의 시 「그대의 이름」은 1998년 5월에 'The National Library of Poetry'에서 실시한 미국 전국 영문 시 '콘테스트'에서 장원급제한 작품으로 많은 갈채를 받았다. 그의 작품 「사촌 형」은 미주 한국일보에 발표되어 많은 재미교포의 향수를 달래주었다. 작가는 특히 우리 세대가 겪어온 고통과 좌절과 갈등과 갈망과 한을 시 속에 승화시켜 삶의 의지를 부각시키고 있고, 대립이나 도전보다는 뜨거운 애정의 불로 태워버리는 차원 높은 인간 내부의 공간을 설정해놓고 있다. 「깊은 강 높은 산」은 그 대표적인 작품이다. 그는 또한 때가 아니면 철저한 고독 속에 숨어서 조용히 기다리는 원형적 심상으로 돌아간다. 「초승달」을 읽어보면 소름 끼치는 고독을, 그러나 절대로 자신을 상실하지 않는 작가의 고고한 모습을 만나게 될 것이다.

태양미디어

시인의 작업

시는 언어의 돌을 깎는 작업이다. 시인은 그가 구하는 형상을 찾아 끝없이 굳은 언어의 군살을 깎아 다듬어, 깨어지는 아픔과 부단한 포기와 아쉬움의 고뇌를 참고 견디어, 마침내 공간에 우뚝 선, 아름다운 조화를 이룬, 뼈와 근육의 조상彫像을 만난다.

시는 허무 속이어서 새로운 허무를 끌어내는 낚시질이다. 시인의 시력과 통찰력은 끝없는 허무의 밑바닥을 더듬어 무엇인가를 찾으려고 애를 태운다. 그가 낚아 올린 상념은 또 하나의 허무이다. 그리고 그 허무를 바라보고 슬퍼한다.

해를 낳기 위하여 바다는 매일 아침 선혈을 토한다. 고귀한 생명의 씨앗을 받기 위해 여인은 달마다 피를 다스린다. 진흙 속 깊이 묻힌 뿌리가 물 밖에 아름다운 연꽃을 피운다. 시인은 자신과 세상이 빠져있는 모순의 늪에서 탈출하기 위해 절규한다.

시인은 끊임없이 꿈을 꾼다. 그의 현실과 상상력과 꿈은 같은 나무의 다른 가지이다. 그 나무엔 같은 진액이 흐르고 빛깔 고운 꽃과 열매가 달린다. 그의 존재는 슬퍼도 그의 삶은 감격에 벅차다. 그의 바구니에 담긴 과일은 그래서 모두 감미롭다.

Michael P. Yi

| 차 례 |

제4부 귀소본능歸巢本能

제1부 먼 훗날의 노래

잊혀진 수많은
그날들 속에
숨겨 두었던 한 줄의
가느다란 노래
내 비파의 줄이 다 끊어지고
마지막 한 줄이 남아도

조이고
또 조이고
곱고 아름답게 다듬어
세월이 다 끝나고
모두 다
떠나간 후에라도

나의 노래를
당신에게 들려줄게
손가락에 피멍이 들 때까지
줄을 당겨
나의 노래를
들려줄게.

먼 훗날의 노래

잊혀진 수많은
그날들 속에
숨겨 두었던 한 줄의
가느다란 노래
내 비파의 줄이 다 끊어지고
마지막 한 줄이 남아도

조이고
또 조이고
곱고 아름답게 다듬어
세월이 다 끝나고
모두 다
떠나간 후에라도

나의 노래를
당신에게 들려줄게
손가락에 피멍이 들 때까지
줄을 당겨
나의 노래를
들려줄게.

석유등石油燈

작아서 초라한
네 모습 애틋하여도
자정이 넘도록
우리는 다정한 벗이었어라

네 심지가 탈 때
내가 너를 지켰고
내가 한숨을 쉴 때
너는 내 마음을 알았어라

창밖에 낙엽이 차곡차곡
쌓이는 밤
우리는 숱한 이야기를
주고받았어라.

* 이 시는 저자가 19살 되었을 때 썼으며 가난한 시골 농가에서 미래가 암
  담한 환경을 견디며 밤마다 늦은 시간까지 독서로 마음을 달래던 모습
  을 묘사한 작품이다.

동구洞口 밖

동구 밖 고목나무 아래로
비단 한 필을 곱게 깔고
기다려도 기다려도
오지 않는 님인데

허기진 낮닭이 울어
하루 빛이 다 지나가도
설레는 가슴
졸이는 마음은
지칠 줄을 모르고

오늘도 어제처럼
막차가 지나간 후에
뜸부기만
논두렁에서
슬피 슬피 울었네.

사동沙洞

사동沙洞 중턱에 달뜨는 밤
창을 열면 바다는 유난히도 잔잔하다.
동백꽃 몇 그루가
입술에 짙은 루주를 바르고
묵묵히 서서 나의 어둔 방을 지키어본다.

중령中嶺에서 떠난 고깃배 소리 없이 다가오면
애써 잊으려 했던 그 날들이 생각난다.
그래도 고향에는 가지 않으리.
아무도 모르는 여기
바다가 좋다.

울릉도

꿈속에서 읽는 동화책 속의
꿈같은 꿈나라.
동백꽃 속에 숨어서 속 태우는 섬 색시
배 떠날 때 손 흔들어 아쉬움 바람에 날리고
본토 소식 기다리다 시름없이 시드는 순정
풍어 소식 편지에 적어 돌아오라 애원해도
한번 떠난 그리운 사람 다시는 오지 않네.

＊침례교단 신학교 재학 중에 휴학계를 내고 목회 실습전도사로 울릉도로
 갔다. 울릉도에서 순회 사역을 하던 중 징집 영장을 받고 울릉도를 떠나
 면서 쓴 시. 기독교한국침례회가 발간한 역사연감 1003페이지에는 사
 동교회 3대 교역자로, 1005페이지에는 중령교회 2대 교역자로 저자 이
 름이 적혀있다.

물새

나는 물새처럼
인적 없는 바닷가 모래 위를 나르며
수평선 넘어 주황빛 그리움으로
너를 부르는 외마디 울음소리
허공을 맴돌다 맴돌다 지쳐버리는
나는 한 마리의 물새.

피마자밭

경효아
네가 보고 싶으면, 밤에 몰래
나는 피마자밭에 들어가
달을 보며 울었다.

너의 엄마가 보고 싶으면
강가에 가서
흐르는 물을 보고 한숨을 지었다.

우리가 모여 함께 사는 날
피마자 어린잎으로
나물을 무치자.

우리는 강가에 밭을 일구고
해마다 해마다
피마자를 심자.

* 군에서 제대 후, 신혼 초기인데도 신혼생활을 할 수 있는 직장도 생활대
책도 없어 wife와 어린 딸을 처가에 보내고, 나는 수색 앞에 한강 '난지
도'에 있는 YMCA가 운영하는 보육원 'Boys Town'에 몸을 두고 있었다.
그때, 가족을 그리워하며 쓴 시인데 후에 박재삼 시인이 이 시를 읽으면
서 손수건으로 눈물을 닦는 것을 보았다. 4개월 후에 나는 미국 정부에
취직이 되어 대방동에 셋방을 얻고 뒤늦은 신혼생활을 시작하였다.

진주眞珠

물새도 오지 않는 한적한 바닷가엔
슬픈 사연들이
조개같이 많은데
너는 고독을 합蛤 속에 넣고
꼭 닫아 두라
짠물이 너의 상처를 스치면
네 속살로 갈고 으깨어
자백색紫白色 아픈 진액을 발라
아름다운 진주알을 만들라
아픔을 참아라
임부姙婦 같은 기쁨으로 한때를 기다리라
네 속에 진주알이 태동할 때
코발트 빛 진한 저 하늘을 보라.

윙크

손바닥보다도 작은 이 세상에
너와 내가 어쩌다 태어나서
바다보다 더 큰 고생을 헤엄쳐 왔는데
우리에겐 새삼스런 변명이 필요한가

너는 나의 일부분, 나는 너의 일부분
우리는 한 침상에서 꿈을 꾸고
너의 빛나는 눈동자 속에 나의 온갖 보람이 있고
너의 눈물 속에 나의 뼈가 녹는 참회가 있고

너의 미소 속에 나의 무한한 안식이 있고
너의 침묵 속에 나의 철학이 있고
너의 호흡 속에 나의 미래가 있고
너의 노래 속에 나의 환희가 있어

우리에겐 대화 이전의 모순과
대화 이후의 위선보다 더 절박한 현실 속에서
그저 너와 내가 이 험한 세상에 함께 살아있다는 사실 때문에
이젠 아무 말도 말자

우리에게 더 귀한 것
너와 내가 빛나는 시선으로 마주 보고 웃는 것뿐이다
우리 서로의 손을 꼭 쥐고
'윙크'를 하자.

Sunkist Orange

따사로운
'캘리포니아'의 햇볕 아래
알몸으로 일광욕하다
들킨 '하이틴'
그 싱싱한 수줍음

욕심껏 머금은 꿈과 순결
풍선보다 경쾌하고
팽팽한 앞가슴
흠집 없이 익어버린
'Sunkist Orange'

다 주어버린 후에
한쪽도 남김없이 속을 다 주어버린 후에
사랑의 슬픔이
그윽한 향기로 벅찰
귀여운 아가씨.

이방인異邦人

내 땅에 떳떳이 살면서
나는 이방인인가
항상 떠나야 할 마음의 여장을 꾸리네.

'집시'처럼
슬픈 노래 부를 때
흐트러진 머리카락이 부르르 떠네.

떠나고 싶어도 떠나지 못하는
길 잃은 순례자
차가운 별빛 아래 꿈을 꾸네.

까치밥

마지막 열차가 떠난 후에는
적막하도록 조용한
늦가을 오후의
시골 간이역
멀리서 손 흔들어
나를 떠나보내던
그 사람들은
지금 얼마나 늙어 있을까
까치가 울고
개가 짖어대도
떨어지지 않는
붉은 홍시
잎도 없는 빈 가지에
지금도 하루 종일
매달려 있을까?

제 2 부 심야의 기도

벌써 끝나버린 하루와
또 새로운 하루를 가르는
이 고요하고 허허(虛虛)한 심야
이 시간에 깨어있는 모든 영혼들아
하루의 방황 속에서
이젠 자신의 원위치에 돌아오라

이미 받은
넘치는 축복을
더 이상 탐하지 마라
지금 너의 짧은 기도가
하늘의 금 대접에
담기게 하라 (요한계시록 5장 8절)

어제의 부끄러움
이 밤에 잠재우고
내일 아침을 밝고 떳떳하게 맞이하라
창문을 열면
새로운 축복의 햇살이
너의 얼굴을 비추게 하라.

산행山行

여름에도 겨울에도 봄가을에도
산에는 산 냄새가
세상이 아무리 변해도
변치 않는 산 냄새가
엄마 젖가슴에 얼굴을 묻고 잠잘 때
그 냄새처럼
산에서 사는 산짐승들
이 냄새 좋아서 거기 산다네.
나도 푸른 나무 검은 돌산 냄새 바람 속에
철들고 나서 묻은 때 더러운 마음을 씻고 싶어
나만 알아야 하는 슬픈 눈물
그곳에 가서 흘리고 싶어.

홍주 紅酒

엄마처럼 포근한
내 고향 진도
홍주로 취한 흥은
사흘이나 가고말구
무화과 따서 먹고
즐겁기만 하던 날이
고향 떠나 외로우니
사무치게 그리워

가고파 엄마 품속
진도에 가고파라
지난달엔 갈까 한 것
이달에도 못 가보네
도다리 회쳐놓고
풋마늘 안주 삼아
언제나 그 홍주로
이 입술을 적실거나.

뒷모습

뒤돌아보지 않고
멀어져 간 너의 모습
가을바람에 떨어지는 낙엽처럼
저항 없이 흘러가는 세월처럼
내 옆자리를 떠나면서

그래도 아주 잘라버리지는 않은 채
헤어질 때 꼭 잡아주던
네 손의 체온 때문에
밤마다 별을 세는
이 아쉬움

다 채워주지 못한 너의 빈 가슴
누구도 꺼주지 못한 나의 타는 마음
이따금 눈감고 어렴풋이 생각해서
저리도록 아픈 헤어짐을
달랠 수 있겠느냐

찬 서리 오기 전에 소식을 기다리마
떠날 때 모습 그대로
나에게 돌아오라
창가에 소슬바람 불면
너를 맞으러 가리라.

초승달

초승달이 전주에 걸려
찢어진 연처럼 밤바람에 떠네
아직도 길이 멀기만 한데
내 집에 들러 몸이나 녹이렴
지난 일 구차하게 묻는 일도 없을 테니
내게도 말 걸지 말고, 내가 잠든 후 조용히 떠나렴.

* '초승달'을 읽어보면 소름 끼치도록 처절한 고독의 모습이 그림만큼 선
명하게 보인다. 그러나 절대로 자신을 상실하지 않는 작가의 고고한 자
세를 만나게 된다. ― 독자들의 느낌.

심야深夜의 기도祈禱

벌써 끝나버린 하루와
또 새로운 하루를 가르는
이 고요하고 허허虛虛한 심야
이 시간에 깨어있는 모든 영혼들아
하루의 방황 속에서
이젠 자신의 원위치에 돌아오라

이미 받은
넘치는 축복을
더 이상 탐하지 마라
지금 너의 짧은 기도가
하늘의 금 대접에
담기게 하라(요한계시록 5장 8절)

어제의 부끄러움
이 밤에 잠재우고
내일 아침을 밝고 떳떳하게 맞이하라
창문을 열면
새로운 축복의 햇살이
너의 얼굴을 비추게 하라.

풀잎 배

갈댓잎 따서 배를 접어 시냇가에 띄워
잔잔한 물살을 타고 나의 작은 배 떠나가네
바람이 일지 돌에 부딪힐지
알 수는 없으나 즐겁게 흘러가네

가다가 쓰러지면 그것으로 그만이야
지켜본 사람도 없고 애석해도 어쩔 수 없어
나의 작은 풀잎 배 잘도 떠나가네
내 마음 가득 싣고 소리 없이 떠나네.

초우初雨

초우 서둘러
지난밤 겨울을 녹이더니
얼음도 채 녹지 않은
추녀 밑 돌담 사이에
봄이 벌써 고개를 내밀었네.
참을성 많은 흙, 흙의 무딘 시한時限을
더 이상 견딜 수 없는 초조한 푸른 싹
모질고 인색한 세월 탓하지 않고
봄은 당당하게 벌써 문 앞에 와 서 있네.

사월

화사하고 곱게 핀 사월
태초의 재현再現처럼 아름다워
숨이 차도록 피었다가
순교자처럼 죽어서
꽃보다 더 진한 녹음으로
줄기찬 계절의 행진 무성한 오월이 오겠지
생동하는 초여름이 오겠지.

'엘리엘리 라마사박다니'
얼마나 힘들었으면 얼마나 아팠으면
죽기보다 더 괴로운 수모의 무거운 짐
침묵의 수난이 끝나고
부활절 흰 백합이 화병에서 시들 무렵
우리는 눈물을 씻고
순례의 길을 떠나자.

오월

저 푸른 하늘
파란 들 저쪽에서
싱그러운 바람이 불어
오월이 내게 다가오면
구우색鳩羽色 꿈을 꾼다.
창공을 날아
기쁜 소식 전하는
비둘기가 되고 싶다.

인동초 노란 꽃
방향芳香 바람에 날려
정원을 메우는
옛집 창가에
사뿐히 앉아
이 땅에도
신록이 왔음을
당신에게 알리고 싶다.

금요일

내일은
즐거운 주말
경주용 자전거로
동구 밖을 당신과 함께
달리고 싶다.

이 설레는 마음
금박 종이에
곱게 싸서
이 밤 당신에게
전하고 싶다.

또 하나의 나

시행착오와 절망 사이에서
또 하나의 내가 탄생했다.
원색과 원색 사이의 공간을 메우는
조화의 간색間色을 갈망한다.

나와 또 하나의 나는 동화同化하지 못하는
끝없는 갈등 속에 어울려
난해難解한 비구상非具象의 화폭처럼
화려하게 벽에 걸려있다.

들국화처럼

산허리 넘어가는 흰 구름 조각처럼
우리들의 세월도 덧없이 흘렀네.
둘이서 몰래 거닐던 산길에
피었던 들국화, 지금도 향기 그윽한데
가는 세월 구름처럼 가게하고
당신은 들국화처럼 늦가을 서리까지 짙게 피어
다시 수줍은 얼굴로 다가와
그때처럼 내 손을 꼭 잡아주오.

제3부 밤에 뜨는 태양

낮에는 어둠 속에서 뭔가를 위해
정신없이 뛰어야 한다.
나의 태양은 밤에 뜬다.
그 속에서 나는 살아 숨 쉰다.
나의 태양은 밤에만 광활한 대지를 비춘다.
새벽이 올 때까지 나의 세상을 따갑게 비춘다.

나는 그 속에서 아무 방해도 구속도 없는
국적도 언어의 벽도 없는
형식과 관념의 속박도 없는
자유를 누린다.
밤에 뜨는 나의 태양은 눈이 부시다.
아침이 되면 나는 모든 것을 포기하고
어딘가 어둠 속으로 끌려가야 한다.

밤에 뜨는 태양

낮에는 어둠 속에서 뭔가를 위해
정신없이 뛰어야 한다.
나의 태양은 밤에 뜬다.
그 속에서 나는 살아 숨 쉰다.
나의 태양은 밤에만 광활한 대지를 비춘다.
새벽이 올 때까지 나의 세상을 따갑게 비춘다.

나는 그 속에서 아무 방해도 구속도 없는
국적도 언어의 벽도 없는
형식과 관념의 속박도 없는
자유를 누린다.
밤에 뜨는 나의 태양은 눈이 부시다.
아침이 되면 나는 모든 것을 포기하고
어딘가 어둠 속으로 끌려가야 한다.

추억 속의 석탑石塔

역사도, 사랑도, 만장일치로 이루어지지 않는다.
모자라고, 흠이 있어도,
그것이 우리 것임으로 소중하다.
진심과 최선을 다한 후,
후회하지 말자, 슬퍼하지 말자.
지나가고, 떠나간 것, 우리 추억 속에
석탑을 세우자.

Stone pagoda in memories

History and love are not structured on the ground of unanimity.

They tormented us with flaws and lacks.

Yet they are so precious because they belong to us.

We will not regret, will not grieve,

if we have endowed our true heart and tried our utmost.

Let us collect the pieces that lapsed and left us,

And erect a statue of gracefulness in our memory.

밀실密室

밝은 대낮에도 칠흑같이 캄캄하고
아무도 통로를 모르는 조그마한 밀실이
내 가슴속에 있어요.

괴롭고 힘들면 그 속에 들어가
문을 꼭 잠그고 당신의 이름을
당신의 이름을 불러요.

그래도 때로는 힘겨운 이 세상
잠시 피하는 안식처
당신만 살짝 들어오세요.

바위

산새가 울어서 풀벌레가 울어서
억만년 풍상을 밤에는 차게 낮엔 뜨겁게
속으로 속으로 굳혀둔 응어리
녹아서 피가 되어 터질 듯 터질 듯.

미풍이 스치면 귀 기울여
쏟아져 흐를 듯하고 싶은 말
끝내 입 다물고 고개 숙여
아직도 모자란 자성自省의 침묵.

숲속에 숨어서 바람 속에 숨어서
비를 맞고 정하게 이슬 맞고 청초하게
검은 옷자락 바르게 여미고
끝없는 끝이 없는 초연한 수절.

굽이쳐 흘러간 뼈아픈 역사
눈감고 천년을 눈뜨고 만년을
아는 척 모르는 척 답답한 기다림
오늘도 푸른 하늘만 망연히 바라보네.

고집

껍질을 아무리 벗겨도
드러나지 않는 속살이 있다.
그 깊은 곳을 지키기 위해
우리는 때때로 두꺼운 껍질을 휘감고 있다.
아무리 상처를 입어도 마지막 한 겹은 절대로 안 돼.
그 안엔 생명처럼 소중한, 누구에게도 보일 수 없는
우리의 고고한 고집이 도사리고 있다.

소유권

나의 시간, 수고와 꿈, 은행 잔고
나의 인생은 내 것이라고
오늘, 지금 당장, 이 순간만이라도
아니면, 적어도 내일만은 필연 내 것이라고

가슴 저리는 사랑의 아픔도
너를 위해 모든 것을 포기하고
스스로 무너지는 자유
그것도 내가 선택한 내 것이라고

우리는 뼈가 휘도록
그 엄청난 허상을
어쩔 수 없이
믿어야 한다.

상실

열심히 살았다고 생각했는데
겉으론 보이는 것들을, 속으론 보이지 않는 것들을
깎고, 버리고, 무참히 파괴하면서
여기까지 왔나 보다.

초유의 내 모습 다 상실하고
허허벌판에 서 있는 이 부끄러운 몸
그래도 이것이 나라고
인정해 줘야 할 것인가.

겨울 눈동자

깊어만 가는 세월의 여울 속에
화려했던 봄, 여름, 가을
아쉽다 아니하고

창밖에 하얀 눈이 내릴 때
나의 진심과 애정을
퍼부었던 이 세상을 조용히 응시한다.

따뜻한 시선으로
오래 바라보고 싶은
너의 모습을 참고 기다렸다.

계절마다 제멋대로
난무하며 지나가고
이젠 얼은 땅 소복으로 갈아입고

다소곳이 깊은 생각에 잠겨
고개 숙인 너의 어깨를
다정히 두들겨 주고 싶다.

증오憎惡

불편해도 어쩔 수 없는 내 삶의 동반자
긴 세월 속에 오히려 종처腫處의 심지처럼
괴로움을 빨아내려고
가슴속에 증오를 박아놓고 살았다.

누가 물으면
추억을 일깨워주는 증인으로
그리고 그 때문에 더 이상
삶의 통증을 느끼지 말라고

중단하고 싶었던 여러 차례 좌절 후에
절대로 포기할 수 없는 오기를
청심환처럼 삼키고
경주자의 '바통'처럼

나는 그것을 두 손에 쥐고 달렸다.

기다림

아무리 기다려도
헛짓인 줄 알면서
무엇인가를 끈질기게
기다리는 그 나른한 쾌감

그걸 허망하고
허무하다고들 하지만
이 세상에 그것 말고
해볼 만한 딴짓이 또 있을까.

비둘기

광장에 우뚝,
사람들이 우러러보는 거대한 동상,
그 부동의 위용보다
나는 하늘을 날고
보도의 모이를 쪼아 먹는
한 마리의 작은
비둘기가 되고 싶소.

세월이 지나면 영광도 비애도
어차피 잊혀지는 이름들
비바람 맞고 녹스는 동상 밑에
어느 날 내가 쓰러져 죽었을 때
그 행복한 죽음을 쓰레기 덤에 묻고
한 줌의 흙으로
나를 덮어주오.

Pigeon

Looming high above the plaza,

the grand statue draws the gaze of all passing by.

But, its lifeless dignity is not for me.

I would rather be the small pigeon that flits the sky

and picks seeds from the pavement.

Hero or martyr, all are forgotten with the passing of time.

So when I collapse beneath that rusting statue some rainy day,

just lay me on the trash heap and sprinkle a handful of dirt over me

to comfort my peaceful oblivion.

* 이 시는 처음에 영문으로 발표한 시인데 후에 한글로 번역한 것이다.
  미국 연방정부에서 40년간의 근속을 마치고 은퇴할 때 나의 심경을 시
  로 써서 국무성 Homepage 에 올렸는데 동료직원들이 이 시를 국무성
  내 모든 부처와 전 세계 국무성 산하 해외공관에 보내어 백여통의 은퇴
  축하와 격려의 답신을 받은 일이 있다.

자유

나를 칭칭 얽어매는 행복보다
훨훨 자유스러운 불행이 그립다.
그 불행이 나를 춥게 할지라도
피곤하여 쿨쿨 단잠 자고
시장하여 찬밥이 꿀같이 달고
무슨 생각을 해도 마음에 거리낌이 없고
무슨 짓을 해도 욕됨이 없는
그런 자유가 기다리고 있다면
지금 당장 짐을 꾸리고 싶다.
그런 곳이 어디 있냐고
그런 허황한 자유가 있다 해도
곧 환멸을 느낄 것이라고
그래도 비록 내가 그곳에
이르지 못한다 해도
나는 그 꿈을 버릴 수가 없다.
이룰 수 없는 꿈이라도
꿈을 먹고 살자.
그러나 그 황홀한 자유가
끝내 나를 다시 얽어매고

고독하게 한다면
지금까지의 얘기는
없었던 것으로 하자.
그리고 그 자유를
그리워하는 자유만은
목숨을 걸고 사수하자.

깊은 강 높은 산

내가 너를 사랑함은, 내가 온 세상을 다 사랑함이라
너의 모든 것을 용서함이라
나의 괴롭고 아팠던 추억을 지워버림이라
먹구름이 하늘을 가리고 삼동같이 춥던 지난날이
지금은 푸른 싹 돋아나는 화창한 봄날처럼 피어남이라

물에 빠진 나를 못 본체 지나쳐버리고 내게 침 뱉던 세상을
다시는 기억하지 않음이라
다가오라 너를 끌어안고 입맞춤을 하리라
내가 너를 사랑함은,
모든 증오를 태워버리고 너를 태워버림이라
모든 비열하고 추한 것들을 나의 뜨거운 열로 재가 되게 하리라

내가 너를 사랑함은 나의 모든 것을 네게 다 주어버린 후에
나는 아직도 넉넉함이라
온 세상이 다 너를 미워해도 너는 내게 소중함이라
너는 꿀이 흐르는 꽃이어라
내 영혼의 안식처가 되리라

정녕 내가 타고 또 타고 촛농처럼 녹아내려도
이 불길 꺼지지 않음이여
애타는 그리움 강물처럼 흐르고
솟아나는 이 마음
다함이 없어라

저 구름 사이에서 이제 곧장 내게로 오라
저 지평선 끝에서 속히 달려오라
황야에서 바람을 가르고 화살같이 날아오라
흰 너울을 쓰고 붉은 신을 신고 오라
내게 다가와 팔을 벌리고 사랑을 고백하라

내가 너를 추켜 안고
아무도 모르는 밀실에 들어가리라
너의 빛나는 시선과 뜨거운 입술이 나를 압도하라
나를 피해 숨었던 날을 변명하지 마라
지금은 모든 것이 불 속에서 타고 있음이라

우리가 한 번은 꼭 타서 재가 되기 위해
오랜 세월 고독했고 기다렸고 그리웠고 방황했고
병들었고 슬펐고 미워했고 원망했고 춥고 긴 밤을 헤맸고
눈물을 흘렸고 좌절도 했고 포기도 했고 꿈을 꾸었고
저 깊은 강을 건넜고 높은 산을 넘었도다

이제는 한팔 거리 안에서 내가 너를 네가 나를
태워버리자, 뜨겁게 뜨겁게
한과 눈물이 없는 검은 재가 되자
이 세상 아무도 할 말이 없는 망각 속으로
그리고 아득히 사라져 버리자.

제4부 귀소본능

진실은 무거울수록
동작이 느리다.
높이 날지를 못한다.
그러나 반드시
제 둥지에 돌아간다.

귀소본능 歸巢本能

진실은 무거울수록
동작이 느리다.
높이 날지를 못한다.
그러나 반드시
제 둥지에 돌아간다.

The Homing Instinct

The truth, when it is heavy,

flies low in a slow motion.

But, it surely

returns to the nest

where it lives.

별이 보이는 작은 창가에

하늘을 누비고 바람을 차고
숲속을 휘몰아치는 솔개여
어둠 깃들고 세상이 고요에 묻히면
고작 휘청거리는 작은 나뭇가지에
두 발을 얹고 잠을 자나요?

맑고 잔잔한 넓은 호수를
진종일 유영遊泳하는 백조여
남모르게 속이 타서 목이 갈하면
고작 한 모금의 물로
마음을 달래나요?

웃고 울고 한숨 쉬고
무심코 한세상 살아가는 님이여
날이 가고 또 가도 기약 없는 그 날을
고작 별이 몇 개 보이는
작은 창가에 누어 꿈을 꾸시나요?

어머니

소나무 껍질같이 거친 손으로
보리 방아 찧어
꽁보리밥 애호박 잎 된장 저녁상 물리고
석유 등잔 툇마루에
새 다리보다 가는 무릎 치켜세우고
밤늦도록 모시 길쌈하시던 어머니

장날 모시 판돈
삼베 치마 속주머니에
꼬깃꼬깃 숨겼다가 큰아들 술빚 갚고
밀린 월사금 달라고 조르던 나를 껴안고
땀 냄새 찌든 홑이불 속에서
소리 없이 우시던 어머니

한 많은 홀어미의 쓰라린 씨앗
이마 주름살, 이랑 이랑에 뿌리고
자식들 잘되라고 엄동 추운 밤
얼음물에 목욕재계하고
주린 배를 띠로 조르며

소같이 일만 하시던 어머니

가난 끝내 등에 지고 그가 세상 떠나던 날
동네 과부들이 슬피 울고
큰아들 큰며느리 시집간 딸들이 슬피 울 때
나는 울 수가 없었다, 이를 악물고 울지 않았다.
마을 사람들이 나를 불효자식이라고
수군수군하였다.

* 사무친 사모곡—고생하신 어머니를 그리워하며 시를 썼고, 1994년에
  출판한 첫 시집에 이 시를 실었는데 전국각지에서 위로의 전화가 왔고,
  KBS한국방송에서는 그해 어버이날에 주제시로 방송되어 많은 독자의
  가슴을 촉촉하게 적셔 주었다. 지금은 고향 뒷산 아버지 곁 차가운 흙
  속에 누워있는 어머니를 생각하며, 그때 울지 못했던 눈물을 이제 흐느
  껴 운다.

사촌 형

사촌 형이 턱수염으로 내 얼굴을 비비며
찝찔한 눈물로 내 볼을 적실 때
동구 밖 들판에는 유두流頭 지난 벼 잎새들이
새파랗게 자라고 있었다.

부모님 산소 부탁하며 형의 목을 끌어안고
오래 살라고 당부할 때
마을 입구 돌담에는
노란 호박꽃들이 듬성듬성 피어 있었다.

토담집 위에 푸른 하늘, 뒷산에 우거진 소나무 숲
꼬불꼬불 마을 길옆에 바가지로 푸는 우물이 있고
소 외양간 옆에 모닥불 피우던 고향 집 떠나올 때
옥수수는 토실토실 익어가고 있었다.

저 하늘 밑에 저 산 아래, 저 흙 속에
나의 슬픈 이야기들이 묻혀있고
젊은 날 푸른 꿈들이 질경이처럼 뿌리를 내린
그곳 지금은 얼마나 변해 있을까?

월영목月影木 · 1

달빛에 그림자를 이슬 내리는 후원에 드리우고
누구를 기다리는 쓸쓸한 월영목

월요일 밤 목요일 밤에만 몰래 살짝 오셔요
속삭여 주던 여운 아직도 바람에 나부끼는데

말없이 서서 숙명 같은 대감희待感喜의 자리를 지키며
달 없는 밤에는 무엇을 하실까?

월영목月影木 · 2

찬 바람이 세차게 불던 그날 밤
달도 별도 없는 캄캄한 밤중에
어디로 멀리 떠나버린 월영목

태초에 있던 모습 그대로를 너에게 주고 싶다
그래서 나는 깊은 산에 들어가 새들과 나무들을
증인으로 세우고
이 마음 노란 종이에 적어 편지를 띄운다,
한마디 남겨놓고

지금은 어느 하늘 아래서 찬 이슬을 맞으며,
두고 간 너의 태초 어찌하라고
망부석처럼 대감희待感喜의 그림자 길게 드리우고
무심한 시간 속에 뿌리를 내리고 있을까?

첫눈

도착하면 바로 편지 쓰겠다던 당신
소식 대신 함박눈이 창밖에 내리네.
글로 쓸 수 없는 무슨
긴 사연 있기에
밤새도록 내리네.

First Snow

Said, you will write me

as soon as you get there.

Instead, the first now is falling

from the cold skies.

As if, you have a long message

that you cannot express in writing,

the white flakes

flicked my small window all night long.

민들레

민들레는
별로 보잘것없는 거친 땅에
척박하고 황량한 들판에
사람들이 눈길을 주건 말건
당당하고 의젓하고 집요하고
왕성한 정력으로 우리의 대지를
눈이 부시도록,
참으로 대담한 황금빛으로 장식한다.

민들레는
화려한 장미꽃 정원을 부러워하지 않는다.
장미는 정원사의 지배를 받지만
민들레는 스스로 넓은 광야를
강인한 의지로 거침없이 지배한다.
쓰디쓴 진액을 품고 살면서
세상을 두려워하지 않는다.
그러고도 자만하지 않는다.

민들레는
인간들의 편견과 어리석음을
처음부터 알면서도 초연하다.
세상의 어느 꽃도 당하지 못하는
놀라운 고집과 면역의 힘으로
그 숱한 수모와 멸시를 참아내며
때가 되면 그 불굴의 일편단심
하얀 영혼으로 산화한다.

잠들기 전에

밤늦게 벗이 떠나면, 홀로
남은 술을 마셔 잔을 비운다.
외등과 거실의 불을 끄고 침실의 불을 켠다.
벽에 걸린 시계와 시선을 맞추고 눈싸움을 한다.
시침 분침이 수직에서 서로 만나면
시계가 이겼다고 판정승의 종이 울린다.
불을 끄고 잠을 청한다.
그리곤
잠들기 전에
당신의 얼굴을
허공에 한 번 그려본다.

전화

하루 한 번은
당신의 목소리가
꼭 듣고 싶어요.
전화 '벨'이 울리면
당신인 줄 미리 알아요.
뜨거운 입술
송화기에 더 가까이 대고
속삭여 주세요.
당신의 입김이
내 얼굴에 전달되어요.
첫 말부터 정다운 목소리에
흐트러진 나의 하루도
정돈이 되어요.
이 기다리는 마음으로
줄을 꼬아
나의 그리움을
구슬처럼 꿰어서
어느 날 당신의 목에
걸어 드리겠어요.

섣달 그믐날

섣달 그믐날 눈 내리는 어두운 밤
365일의 맨 끝자락에서
허기진 늑대 한 마리가 어느 골짜기에서
피가 흐르는 상처를 혀로 핥고 있었다.

지나가던 검은 곰이 물었다
너는 여기에서 왜 혼자
무슨 짓을 하고 있는 거야
그러나 늑대는 대답했다.

백번을 물어도 네가 알 바 아니야!
내년 한 해를 또
이 험한 벌판에서 헤매야 하니까
그 벅찬 꿈 때문에 다른 생각이 전혀 없다.

너는 참으로 괴짜다
바로 그게 내가 사는 재미야
네 이름이나 알아두자
내가 여기 있는 것 아무에게도 알리지 마라.

빨리 이름이나 대라니까
쉬, 쉬, 귀 좀 가까이
그것이 그렇게도 궁금한가 이 멍청이야
나, 이명산이야.

* 나는 때때로 나 자신을 세상과 동떨어져 사는 외로운 늑대라고 생각해
  본다. 나는 어차피 이 세상에 살면서도 무엇인가 세상과 타협이 잘 안
  되는 이상한 기질을 품고 태어났다. 아무리 힘들어도 세상을 원망하고
  싶지 않고 나의 처지를 비관하지도 않으며 내가 태어나고 살아가는 환
  경을 오직 나만을 위하여 주어진 특별한 축복이요, 나의 고독은 내가 세
  상의 모든 어려움을 버티고 이겨내는 에너지라고 생각한다. 앞으로 또
  무슨 일이 닥쳐올지 모르는 한 해를 앞에 두고 힘들었던 한 해를 보내는
  마지막 날에 아직도 기가 죽지 않고 자기의 상처를 혀로 핥는 야수 한
  마리를 그림으로 그려보면서 이 시를 썼다.

그대의 이름

눈물, 손수건으로 지우고
한숨, 한잔 술로 지우고
꿈은, 새벽으로 지우고
그리움은, 세월로 지우고
괴로움은, 참아서 이겼으나
가슴속 깊이, 문신처럼 새겨진 그대의 이름
지워도, 지워도, 지울 수 없네.

Your Name

Tears, I wiped with a handkerchief.

Sigh, I shook it off with a glass of wine.

Lingering dreams faded away at dawn.

Yearning and pain, I repressed with time and patience.

But, your name like a tattoo,

is still there deep in my heart.

I tried and tried.

Yet, I cannot erase it.

* 이 詩는 작가가 1998년 5월에 미국의 'The National Library of Poetry'에서 실시한 전국 영문 시 Contest에서 장원급제한 작품이다.

제 5부 빛과 바람과 물

밝고 곧게 비추라
가로막으면 따지지 말고
굳이 서둘러 휘어가지를 마라

산들산들 불다가 막히면 비켜 가라
모나고 거친 곳은
옷자락으로 부드럽게 스치며 가라

낮은 곳으로만 흐르라
부딪치면 춤을 추고
파인 곳에선 쉬어가라

지나온 협곡은
뒤돌아보지 마라, 그리고
자연의 이치엔 저항하지 마라.

빛과 바람과 물

밝고 곧게 비추라
가로막으면 따지지 말고
굳이 서둘러 휘어가지를 마라

산들산들 불다가 막히면 비켜 가라
모나고 거친 곳은
옷자락으로 부드럽게 스치며 가라

낮은 곳으로만 흐르라
부딪치면 춤을 추고
파인 곳에선 쉬어가라

지나온 험곡은
뒤돌아보지 마라, 그리고
자연의 이치엔 저항하지 마라.

달래야

달래야
네가 죽으면
한적한 산골짝에
예쁜 야생화로 피어나렴.

해 뜨는 아침에
나는 이슬이 되어
너의 꽃망울 끝에
눈물처럼 매달릴게.

소나기

높이 자란 가로수가
일직선으로 서 있는
비포장도로를
맨발로 질주하고 싶다.

길이 끝나면
하늘에 올라
구름처럼 바람처럼
허공을 훨훨 주유하다가

네 마음이 가물어
허덕이는 날, 비가 되어
억수 같은 소나기를
뿌려주고 싶어.

가로등

얼마나 기다렸으면
저렇게
목이 길었을까

자정 지나고
인적 없는 새벽에도
자리를 뜨지 않네

더워도 추워도 자세를 바로 하고
비 오는 날엔 속이 타서
눈물만 뚝뚝 흘리네

오지 않을 사람, 그런 줄 알면서
그래도 기다려보는
세월의 길목

체면 다 벗어버리고
키만 커서 앙상한
가로등이 되었네.

하얀 망각

가슴 조이며
기다리던 그리움도
그때는 화려했어요
찢어진 마음도
애처로운 긴 밤도
나의 아픔은 우아했어요
추억 속에 미련을 묻고
잊으려고 애쓰던 그 세월도
의젓했어요
이게 마지막이라며
흘린 눈물도
아무도 모르게 초연했어요
그러나 지금은
남은 게 없는 허허한
고독의 공간
하얀 망각 앞에 서 있어요.

안식처

어둠 속으로 잦아드는
풀벌레 소리를 자장가로
새벽부터 지저귀는
창밖의 새소리를 기상나팔로
뺨을 스치는 바람결을
당신의 옷자락으로
아침에 떠오르는 둥근 해를
당신의 얼굴로

뒤뜰 개울에 흐르는 물소리를
당신의 노래로
앞뜰에 활짝 핀 꽃들을
당신의 미소로
나의 하루를 풍성하게 휘감고
한 발자국도 벗어나지 못하는
이곳 '오르니'
나의 조용한 안식처.

'워커힐' 풍경

단풍잎이 다 떨어지고
미사리 가는 쪽
한강 내려다보면
하늘은 첫눈 채비로 흐린데
아직도 연둣빛 푸른 잎으로
계절을 버티는
'워커힐' 정원수 한 그루가
아차산 넘어 닥쳐올 겨울 두려워
몸을 추스르는 모습이
새삼 애처롭다.

겨울밤

서쪽 유리창 너머 저 멀리
나뭇가지 사이에 살짝 숨어서
밤마다 나의 어둔 방을
지켜보는 조각달
하고 싶은 말이 무엇이기에
그토록 나의 모습을 살피다
살며시 떠나가는데
벽난로로 방을 덥히고
추억의 한잔 술로 몸을 데우는
긴긴 겨울밤을 이렇게
차곡차곡 벽돌처럼 쌓아 올리며
이루지 못한 지난날의 그리움을
옛날 일기장처럼 더듬어보는
나의 허허한 심사를 저 달이
아마 눈치를 챘나 봐
내일 밤 우리 다시 만나면
거기서 그렇게 떨지만 말고
주저 없이 달려와
산딸기로 진하게 담가둔
내 술 한잔을 받아보게.

행렬 行列
— 23세 청년의 영감

밀물처럼 도도한
행렬이 지나갔습니다.
화려하고 장엄한
그리고 가슴을 찢는
비통한 무리의 대열도
조용하고 숙연한 흐름도
노도怒濤 같은 분노의 세월도
굴욕과 인고의 오랜 참음도
모순과 혼탁과
위선의 소용돌이도
차례를 무시하고 지나갔습니다.

'스토이시즘'에서부터
'에피큐리언'들까지의 폭주가
시끄럽게 지나간 맨 나중에
다시는 아무도 오지 않을 광장에
바람에 흩날리는 쓰레기를 밟으며

말없이 홀로 서 있는
존재가 있었습니다.
그는 낙오자가 아닌
고독한 목격자였습니다.

* 이 시를 읽어보면 나 자신을 객관적으로 바라보는 것 같다. 내가 이 시를
20대 초반에 썼다는 점이다. 그리고 이 시에 대하여 할 말이 있다. 군에
입대하여 논산 훈련소에서 신병 교육을 마치고 광주 상무대 포병학교에
서 두 달 동안 포병 교육을 받은 후에 1200명이 제3보충대를 거쳐 전방
포병부대에 배치되는데, 그때 포병학교 교육계 기간요원이 제대하여 후
임으로 한사람이 필요한데 포병학교본부 장교들이 나를 선택한 것이다.
바로 이 시를 읽어보고 결정했다고 한다. 혈기 왕성했던 23세 청년이 예
리한 영감으로 세상의 혼탁과 비리와 모순을 지켜보면서 이 시를 썼는
데 그는 절망하지 않고 묵묵히 초연한 자세로 인생을 살았으며 지금은
90의 노령인데 아직도 정정하고 새롭고 올바른 세상이 올 것을 기다리
며 버티고 있다. 나는 절대로 낙오자가 아니다. 다만 고독한 목격자일 뿐
이다. 그런 좋은 세상이 올 때까지 나는 고고한 내 자리를 지킬 것이다.

감격의 세월

이젠 다 알 듯해요
세월의 뒤안길에서 홀로 헤매던 시절
나를 지켜본 당신이 있었음을
홍수 같은 인간의 대열 속에서
나를 왜 그토록 철저히
고독하게 했는가를

절벽에 부딪혔을 때 벼랑에 섰을 때
실낱같은 희망 한 가닥을 벼 이삭처럼
언제나 내 앞에 흘리고 가신 당신의 마음을
원망과 방황의 길목에서도
눈뜨면 햇빛을 눈감으면 꿈의 날개를
주시는 당신의 뜻.

내가 힘들었을 때 더 가까이 계시고
내 힘으로 감당할 수 없을 때 나도 모르게
내 앞에 큰 낙석을 옮기시고
불 끄고 골방에서 마음속으로 소원한 말들을
다 기억하시고 나의 억울함을 바로 잡으시며

넘어졌을 때 달려오시는 당신이 있었음을.

슬프게 태어나서 서럽게 살아온 세월
벽에 얼굴 비비며 울던 짠 눈물
지금은 무릎 꿇고 감사해서 더운 눈물 흘려요
당신 있는 줄 몰랐을 때 힘들고 무거웠지만
지금은 모든 것이 다 가볍고
당신이 지켜보는 나의 하루하루가 감격에 벅차요.

고독의 향기

소중하게 지키겠다고
약속한 그대에게
흔쾌히 맡겨둔 내 마음
인제 와서 모른척하면
서먹하게 찾아가서
되돌려 받을 수 있을까
왜 망설여야 하나, 무슨 까닭에
처음 일을 후회해야 할지
지금의 나를 다그쳐야 할지
세상이 그렇게 엇갈리는 이치를
알면서도 참고 살아야 하나
나에게 제멋대로 던져진 해답은
속살을 다 주어버리고 남은
오렌지 껍데기처럼
찢기고 벗겨졌어도 아직은 남아있어서
조금의 향기를 발산하는 이 은은한 외로움보다
더 친근하고 진실한 벗은 아무 데도 없어라
지금은 울어도 눈물이 없는 나, 이젠
찢어진 오렌지 껍데기인가!

빈 항아리

풀은 마르고, 꽃도 시들고, 마른 나뭇가지는 꺾이고
안개는 걷히고, 젊음은 늙어가고, 재물은 소진되고
명예는 기억에서 사라지고
목숨같이 소중했던 사랑도 때가 되면 식고
믿음은 깨지고, 친구는 우리를 배신하고
아내도 늙으면 시들하고, 자식들은 실속만 챙기고
이 세상 아무도, 아무것도, 나의 편이 아니다.
진리는 상대적이며 학설은 변하고 표준도 영원하지 않다.
이제 남은 것 하나가 더 있는데
나의 자존심 빈 항아리
그것도 내가 돌을 던져
깨어버릴 날이 올 것이다.

설야雪夜

만화방창萬化方暢,
주체할 수 없이 젊었던 봄도 가고
그토록 싱그럽고 무성했던 여름도 가고
서창에 비치는 황혼을 바라보면서
지난날의 화려했던 일기장을 들추던 가을도 가고
이제 머지않아 흰 눈이 펑펑 쏟아질 때
어느 날 나는 외등과 거실의 불을 끄고
독방에 들어가 촛불을 켜고
홀로 소리 없이, 소리 없이 울리라
그토록 갈망했던 사랑도 꿈도, 모두 다 허상이었고
살아온 세월의 의미도, 다 퇴색이 되어 버리고
오직 남은 나의 모습은, 벽에 멋없이 걸려있는
뜻도 모를 한쪽의 비구상非具象 화폭인가
유난히도 긴긴 알래스카의 밤
담 넘어 소방서 마당에서 펄럭이는
북두칠성기北斗七星旗
말을 걸어도 응답이 없다

아아! 날이 새면 어딘가, 멀리멀리
멀리멀리 떠나고 싶다.
'고독은 시인이 먹고사는 상비약이다'

천고마비

천고마비 푸른 하늘
거울 같은 호수에 눈짓을 하니
살며시 미소 짓는 잔잔함이여
속마음 줄듯 말듯 애를 태우는
그대의 자태 미풍으로 설레일 때
나 수줍은 손 내밀며 다가서도 모른 척
푸른 하늘 거울 호수 무엇을 속삭이나
이 늙은 나그네 고개를 돌려
멀리 보이는 설봉 망연히 바라보며
그때 떠나간 당신을
소리 없이 불러 보네.

*2017. 9. 24. 알래스카 한인문예협회 가을 야외글짓기 대회에서 장원한
  작품.

제6부 티보리 공원

북국北國의 찬비가 어깨를 적시는
'티보리' 공원
비둘기는 모이 찾고
나그네는 시름에 젖네.

비에 젖은 가랑잎 조용히 밟으며
그려보는 얼굴들, 지나온 그 길들
이제는 돌아갈 수 없는
옛꿈들.

그래도 체온 속에 아직은 더운
추억과 그리움
저무는 이국의 하늘 밑에서
외로움을 달래네.

'티보리' 공원

북국北國의 찬비가 어깨를 적시는
'티보리' 공원
비둘기는 모이 찾고
나그네는 시름에 젖네.

비에 젖은 가랑잎 조용히 밟으며
그려보는 얼굴들, 지나온 그 길들
이제는 돌아갈 수 없는
옛꿈들.

그래도 체온 속에 아직은 더운
추억과 그리움
저무는 이국의 하늘 밑에서
외로움을 달래네.

* '티보리' 공원은 '코펜하겐'에 있음.

땀에 젖은 얼룩말

'맥킬웨인' 자연 동물공원
철조망 밖에
땀에 젖은 얼룩말 한 마리가
애타게 서 있었다.

더 많은 자유가 그리워
공원을 떠난 여러 날 후에
그는 굶주리기 시작했다
고독했다, 허탈했다.

그는 앞발로
철조망을 걷어차고 있었다.
얽매여 살던 울안이 그리웠다.
그러나 되돌아갈 길이 없었다.

뚫린 철조망, 빠져나온 자유의 탈출구
이젠 다 막히고
울안의 친구들은 벌써
그를 기억하고 있지 않았다.

* '맥킬웨인' 자연 동물공원은 '짐바브웨' 수도 '하라레'의 북쪽에 있음.

안개 낀 '로스킬데'

주말에 찾아가는 '로스킬데'는
언제나
안개에 묻혀있었다.

역에 내려 방향을 모르면
개찰구 저쪽에서
친구가 손을 흔들어 주었다.

그날 밤엔
바닷장어 요리와 맥주에 취하고
친구 아내는 부엌에서 바빴다.

꼬마 '쏘렌슨'은
나의 선물 끌어안고
'망이탁 망이탁' 잠을 안 잤다.

해마다 이맘때면 친구가 그립다

지금쯤 마을 입구엔

노란 개나리가 피었을 거야.

* '로스킬데'는 덴마크의 아담한 전원도시. '망이탁'은 덴마크 말로 "감사합
  니다"라는 뜻.

아디스 아바바

빨간 담장이 잎이 떨어져 있는
나무 벤치에 앉아서
흘러간 영고성쇠 검은 애가를 부르면
'시바'의 여왕 아직 살아있을 듯
야향란夜香蘭 아로마가
콧 가에 살짝 스쳐 간다.

'솔로몬'도 죽었고,
'세라시에'도, '아베베'도 죽었고
지금은 나뭇잎 태우는 매콤한 연기가
외무성 앞거리를 메운다.
역사도 허무하고 그들의 사랑이 허무했어도
국민소득 150달러의 '아디스'는 아직도 의연하다.

6·25 참전용사의 가난한 자식들은
밤새도록 출출한 배로
주차장 경비를 서고
시름에 찬 서울 나그네
호텔 방에서 밤을 새워
긴 여행기를 쓴다.

쏘렌토

'쏘렌토'의
초저녁
호텔 벼랑에 핀 장미가
'나폴리'를 부르네.

붉은 포도주
글라스를 높이 들고
'돌아오라 쏘렌토로…'
나 여기 왔네.

달빛이 난파하는
잔잔한 바다 위에
어디서 찾아오는
연인들의 번선인가.

영원히 젊은 이 밤이여
황홀한 꿈이여
지중해 시원한 바람 속에
여장을 풀었네.

'오샤와' 호반

먹이를 찾아
갈매기 찬 물결을 가르는
'오샤와' 호반
'스카치파인' 줄기찬 나무 사이로
황금빛 햇살이
유월의 아침을 깨우네.

'캠핑 텐트'의
문을 열면
싱그러운 풀냄새가
인사를 하네.
어제보다 더 평화로운
'온타리오' 호수.

'Quito'의 소식

'안데스' 산맥을 넘어온 저 달이
나를 보고 활짝 웃네
토산의 야경이 슬프도록 아름다운
'Quito' 소식인가
네가 돌아올 날은 아직도 멀었는데
나는 매일 아침 앞뜰을 쓸고
밤마다 저 달 보고 말 좀 해라 조르네
이젠 하늘도 높고 호수도 잔잔한
외로운 계절인데
네가 없는 이 가을은 서둘러 지나가고
그리움만 단풍처럼 이 강산을 태우네.

'부킷티마' 경마장

경마장 가는 길은
가랑비 부슬부슬
열대 수목으로 울창한
정글을 뚫고
2차선 포장도로
들뜬 마음 흥분된 기분으로

달려라 '대니 후키'
달려라 3번!
손에 손에 마권을 쥐고 부들부들 떨면서
하늘에 주먹질
단말마의 몸부림
천지가 진동하는 함성과 비명

적도에 가까운 상하의 나라
'부킷티마' 경마장은
땀에 젖어 피곤에 젖어
탈출구 없는 군중들의
비상 집합소 공랭식 원동기

재활용 분쇄기

희망과 기대에 부풀었던
수백만의 마권들
바람에 떨어진 활엽수 낙엽처럼
매표소 앞에 쓰러져
실망과 포기의 한숨
유산 없는 임종의 눈을 감고

하고 싶었던 불평
직장 상사에게 퍼붓고 싶었던 욕설
미운 여편네 속 썩이는 자식들
훨훨 다 털어버리고
후련한 마음으로 되돌아가는
그들의 가벼운 발걸음.

* '부킷티마' 경마장은 '싱가포르'에 있음.

'프라하'의 달밤

'볼타바' 강 위에
은빛 달이 높이 떴네
몸부림치던 역사를
묵묵히 바라보던
'찰스'교橋 검은 석상石像들이
밤바람에 땀을 식히네
석탄재에 그을린 우아한 유산들은
하루 종일 '카메라'에 시달리고
지금은 조용히 잠이 들었네
42년간의 중병에서
'프라하'를 지켜온 핏줄
강물아 흘러라 쉬지 말고 흘러라.

돌아오라
멀리 떠난 님이여
'프라하'에 봄이 왔도다
저 유혹하는 달빛이 기울기 전에
우리 팔을 끼고 강변을 거닐자
내일을 그리자

'조셉 라다' 그림 속에
숨 쉬는 사랑과 갈망
'보헤미안'의 체온을
내 입술에 부어라
너의 신부 화장이 끝나면 벗들을 초대하고
춤을 추자 승리의 노래를 부르자.

'베를린'의 가랑잎

'트렁크' 열고
먼저 너의 사진을 꺼냈다
벽에 걸어 놓고…
밤마다 꿈속에서
'West Virginia'의
시골길을 달린다.

이곳은 낯선 땅
말도 눈빛도
통하지 않는
이국의 하늘 아래
그곳이 낮이면
여기는 밤이다.

바람이 조금만 사르르 불어도
가랑잎 구르는 소리
내 귀를 두드리고
'베를린'의 가을밤은
참으로
길기만 하다.

초목도 바람도 무성하고 싱그럽던
그 여름이 끝났을 때
헤어지기 아쉬워 자정이 지나도록
술잔을 비울 수 없었던
그날 밤이 지나고 나서
나의 창밖 서쪽 하늘에는
붉은 노을이
아름다운 화폭처럼
저렇게 늘 걸려있다.

주체할 수 없이 젊었을 때
그때의 정다운 속삭임과 꿈은
줄 끊어진 연처럼 멀리 가버리고
추억만 미련 속에 깃발처럼 나부끼는데
우리가 함께 숨 쉬던 공간과 시간이
그 싱싱한 여름의 잔상殘像이
선뜻 떠나지 못하는 이 하늘 아래
나는 묵묵히 서서 실눈을 뜨고
흘러간 그 시절의 뒷모습을 바라본다.

이탈 離脫

늘 다니던 그 길,
언제나 우리는 그 길을 통하여 세상을 살아왔다.
지겹고 매력도 없는 일상을,
타성惰性의 신앙 때문에
지극히 당연한 일처럼 그렇게 살아왔다.
어느 날 갑자기 겁을 무릅쓰고
약간 이탈하여 보고 싶었다.
이 간단한 작업으로 나는 온 세상을
그리고 나의 모든 것을 배신하는
이단자가 되었다. 외롭고 두려웠다.
그러나 그 어두운 고독 속에는 무한한 자유가 있었다.
그리고 그 허무의 늪에서 탈출하기 위한 갈망이 있었다.
그 갈망 속에서 나는 새로운 작업을 모색하였다.
나를 합리화하려는 위선자가 되는 것,
그 일도 결국은 무미하고 시들했다.
이유도 방법도 목적도 모두 세상일이 막연하고 애매하며
이제는 더 이상 궤도수정이 안 되는 어느 시점에서

나는 기억상실자가 되고 싶었다.
그리고 눈을 감고 허공을 보았다.

* 作家의 辨明(정답과 명답)

  시험문제에는 정답이 있지만 인생 문제에는 정답이 없다. 오직 명답이 있을 뿐이다. 명답은 언제나 매력이 있다. 모든 학문은 이 명답을 구하기 위한 작업이다. 그러나 우리가 따라가던 이 명답이 우리를 배신하는 때가 있다. 이때를 위하여 우리는 항상 탈출구를 예비해 놓고 살아야 한다. 그리고 모든 출구는 새로운 현장으로 가는 입구라고 주장한다. 우리는 일생을 살면서 수없이 이와 같은 과정을 반복한다. 그러나 그 과정에서 우리는 '허무'라는 병에 걸린다. 그 '허무'의 병과 투병하는 과정을 합리화하고 승화하려는 작업을 우리는 '예술'이라고 한다. 지금처럼 무엇이 참이며 무엇이 거짓인지, 무엇이 선이며 무엇이 악인지 분별하기 힘든 혼탁한 시대에 살고 있는 우리들의 갈등과 고뇌를, 특히 그런 문제를 민감하게 고민하는 오늘의 지성인들의 괴로움을 시인은 '이탈'이라는 짧은 글에 실어 보았다. 그리고 그는 자신도 모르게 "눈을 감고 허공을 바라보는" 원점에 돌아간다. 고민하는 이 시대의 지성인들이 '갈등'을 이겨내는 면역을 키우기 위하여 이 시를 읽어준다면 더 이상 바랄 것이 없다.

그림

벽에 걸린 그림처럼
남의 눈에만 아름다울 뿐이야
행동하지 않고 말이 없으니
그 속마음을 누가 알 거야
미묘한 선과 색상과
명암과 원근의 조화로 뜻을 전하지만
그 속에 철철 흐르는 피의 온도는
잴 수도 없고
한과 슬픔의 깊이도 알 길이 없기에
그 얇은 미소 속에 감춰진 애절한 갈망은
더욱 알 길이 없을 거야.

갈무리

행복은
번거로운 조건과 이유를 다 잘라버리고
내가 이 땅에 생명을 받아
살아있다는 그 한 가지 사실만으로
충분히 설명이 된다.
어렵고 힘들고 고통스럽고 슬픈 일들이
또한 기쁘고 즐거운 일 만큼 같은 중량으로
내가 숨 쉬고 있는 현실을 갈무리한다.
가슴을 치면서 괴로울 때도
속으로는 그것을 감사하자.
감사하지 못하는 행복은 짝이 틀리는 신발이야
흐르는 물처럼 살자, 바람 부는 대로 가자
그 흐름의 굽이굽이에 뜻이 있고
달리 지름길이 없는데
내 손을 꼭 잡고 따라와 줘
아무도 이해를 못 하는 우리 방식의 행복
그것이면 되었지 무엇을 더 바라겠느냐.

늑대

처량하게 달이 밝은 겨울밤
하얀 눈밭에
목이 쉰 늑대 한 마리가
허공을 보고 울부짖었다.

달이 없는 그믐밤에도
거센 바람과 싸우며
황량한 들판을 헤매면서
그가 또 울부짖었다.

밤마다 그렇게 속이 터지도록
절규하고 불러 봐도
아무도 응답해 주지 않았고
매서운 삭풍이 끊임없이 불었다.

몸과 마음의 굶주림을 견디지 못하고
비가 억수같이 쏟아지는 어느 날 밤
하얀 이빨을 드러내고
그가 쓰러져 죽었다.

눈이 녹고 봄이 와서
만물이 화창하게 피어날 때
벌레들이 모여와서 썩은 늑대의 사체를
사정없이 먹어 치웠다.

그러나 그 하얀 이빨은
남겨 두었다.
늑대는 죽어서도 계속
울부짖어야 하니까.

* 이 시는 어떤 생명체의 참으로 처참한 운명을 묘사한 은유시이다. 내가 쓴 이 시를 내가 스스로 읽으면서 나는 어느 침침한 산속에 반쯤 흙 속에 묻혀있는 늑대의 하얀 턱뼈를 상상하며 나도 죽으면 내가 평생에 품고 살아온 한을 다 버리지 못하고 하얀 이빨이 박혀있는 늑대의 턱뼈만큼 이 땅에 남겨 두고 가지 않을까 서글픈 생각을 해본다. 우리가 고통스러울 때 우리의 절규를 아무도 들어주지 않았다. 이것은 이 땅에 생명을 받아 살다가 떠나는 모든 생명체의 공통된 운명이다. 이 서글픈 운명 속에서 우리 인간들은 놀라운 지혜를 발견한다. 생존경쟁이다. 이 생존경쟁 속에서 승자와 영웅들이 탄생한다. 패자와 낙오자들이 탄생한다. 이런 역사의 흐름 속에서 패자가 승자를 질시하고 승자가 패자를 멸시한다. 그렇게 해서 문명은 병들고 인간들의 고상한 모습은 추하게 변질한다. 나는 이 시를 읽으면서 한을 품고 죽어간 늑대에게 연민의 정을 느끼며 그래도 세상과는 절대로 비겁한 타협을 아니 한 그의 야성을 치하한다.

무명시인

어느 무명시인이 있었습니다.
그는 무턱대고 시를 썼습니다.
답답하고 속이 터지면 시를 썼습니다.
그러나 자기 맘에 쏙 드는 시는 한 편도 못 썼습니다.
친구들이 그의 시를 읽고
어디서 남이 쓴 글을 여기저기서 베껴다
짜 맞춘 시라고 늘 비웃었습니다.
오랜 세월이 지나고
그 시인은 볼품없는 늙은이가 되었습니다.
친구들이 그의 시를 다시 읽었습니다.
가슴이 메도록 절실하고 뼛속까지 파고드는 구구절절에
뜨거운 눈물을 흘렸습니다.
그가 살아온 고독의 여정을
아무도 그리 쉽게 이해를 못 했습니다.
시가 무엇인지도 모르며
시인의 정서는 털끝만치도 없고
천하에 멋없는 그런 사내가
그것도 시랍시고 시를 썼다며
독자들이 그를 경멸하였습니다.

이 돌팔이 시인의 시집을 그래도
누군가는 소중히 여겨 늘 머리맡에 놓고
밤마다 읽고 또 읽었습니다.
어느 날 갑자기 사람들이 전에는 몰랐던 진실을
그의 진솔한 정감과 조용한 절규 속에서
애절하고 용솟음치는 갈망과 꿈이
피처럼 철철 흐르는 것을 보았습니다.
그리고 그가 아무도 모르게 숨어서
늙어가고 있음을 애달프게 생각하며
안타까운 눈물을 흘렸습니다.
자신들 스스로의 회한을 곁들여
소리 없이 그의 시를 읽고
깊은 밤에 베개를 적시었습니다.
지금도 이 늙은 무명시인은
'별이 보이는 작은 창가'에 누워
꿈을 꾸고 시를 씁니다.

지병

어쩔 수 없이
중단한 것, 버린 것, 포기한 것
그런 것들은 대개 소중한 것들이었다.
그러나 영원히 체념하지 못하고
그 먼지가 가슴 밑바닥에
쌓이고 또 쌓이고
없는 것 같으면서도
주체할 수 없이 무거운 그것들이
우리의 걸음을 느리게 하고
우리를 병들게 하였다.
목숨이 다할 때까지 아니라고 주장하지만
결국 우리는 그 병으로 죽어간다.
오! 아름다운 이 세상!
즐거운 인생!
그 화려하고 현란한 무대!
우리의 인생은 장엄한 교향곡이다!
이 위대한 곡을 쓰기 위하여
우리는 견딜 수 없이 괴로운 포기와
기진맥진할 때까지 '엔지'를 거듭했고

마지막 무대에서 기립박수를 받은 후에
우리의 가엾은 영웅들, 탈의실에 가서
그 호화한 의상을 다 벗어버리고
가슴 밑바닥에 쌓인 먼지의 진폐증으로
조용히 숨을 거둔다.
그래도, 그들은 끝까지 자기들의 지병을
발설하지 않는다.

쓰레기의 승천

그들이 너를 버렸는데
너는 네 몸을 아궁이에 태워
그들의 차가운 온돌방을 데우고
후회 없이, 원망도 없이
높이 솟은 굴뚝을 타고
하늘로 치솟는 하얀 영혼
세상만사가 이처럼 승화하는 일
미천한 것도 고귀한 것도
희생하는 불길 속에서만
새롭게 태어난다.

바늘

어쩌다 그토록
간단하게 태어났느냐
고작 귀 하나를 달고
그러나 실만 꿰어주면
온갖 찢어진 곳 찾아다니며
봉합해주는 기특한 녀석
주여 나에게도
가늘지만 질긴
실 같은 능력을 주소서
비록 바늘같이
미천한 신세로 태어났지만
부지런히 다니며
찢어진 사랑 의리 진실
봉합하는 일을 하게 하소서
어쩌다 섣불리
그 날카로운 침으로
나의 소중한 손가락이나
누구의 어여쁜 살을
아프게 찌르는 일은
없게 하소서.

북소리

강약과 박자밖에 모르는
단음계의 북소리에 사람들은 흥분하고
장엄한 행렬의 보무를 이끄는 신비한 매력
그가 철저하게 동일한 음조를 내기 때문이다.
사내대장부들아
실속을 따지며 이랬다저랬다
허튼 소리하는 인간들아
가죽 껍데기로 만든
북만도 못한 얼간이들아
북채를 들고 너희들의 머리통을
한번 힘차게 북소리가 날 때까지
두들겨 보아라.

반달

밤하늘에 아름다운 저 반달
이 세상을 내려다보고
연민의 정을 느끼겠지
자기도 우리가 볼 수 없는
어두운 부분을 지니고 사는데
그걸 보고 우리는
아름답다고 하니까.

그렇다 그냥 모든 것 다
가리고 덮어두고
보이는 대로 아름답다고 생각하자
달아, 이 세상일이 어떻게 보이니?
가소롭겠지
그래도 너는 말이 없으니
우리는 서로를 고마워해야 하겠지
밤하늘에 고마운 저 반달!

정도正道

나는 내가 아닌 것을
나밖에 모른다.
내가 아닌 또 다른 내가
저쪽 다른 길에 지나가고 있는 것을
누가 알 수 있으랴.
분명 내가 아닌 또 하나의 내가
무슨 짓을 하고 있어도
나는 막을 길이 없다.
그는 눈에 보이는 세상을 원망하지도
예찬하지도 않으며
굳이 골목길과 좁은 길을 지나서
아무도 모르게 자기만의 별난 인생을 즐긴다.
내가 탈 없이 이 답답한 세상을 참고 견디는 까닭은
여기에 있는 내가 할 수 없는 일들을
저쪽에 있는 내가 다 할 수 있기 때문이다.
나는 나와 절대로 타협하지 않는다.
양보하지도 않는다.

우리는 상대방을 침범하지 않으며
각자 자기의 일에 충실하다.
때로는 마주 보고 지긋이 웃으며
그래, 네가 가는 길이 정도正道야
서로를 위로한다.

어떤 공간

아무도 모르는 어떤 공간에
그것이 죽음보다 더 무서운 형벌일지라도
모든 사람의 기억에서
백지처럼 하얀 망각 속에
꼭꼭 숨고 싶다.

나를 찾지 말라
그곳에서 나는 철저한 자유를 누리리라
얼간이들이 난무하는 소음과
허울 치레 격식과 냄새나는 체면과
이유를 따져야 할 필요가 없는 곳

정다운 당신의 목소리
따뜻한 당신의 체온과
부드러운 옷자락
그리고 당신의 땀 냄새를 맡으며
조용히 숨 쉬고 꿈을 꾸리라

당신의 진심이 내 곁에 있으면 그만이야
어떤 열정보다도 이런 포기 속에서 나는 강하다
나의 영혼이 이 편안함 속에서
당신의 팔을 베고 자고 깨며
나의 가장 진정한 모습을 지키리라.

이것 때문에

바람 부는 벌판에 홀로 서서
외롭고 처량한 세월을 보내면서
내 마음속에 이것이 있었기에
나는 슬프지 않았다.

이 세상이 나를 버려두고
훨훨 떠나가는 절망 속에서도
내가 속해있는 세상이 따로 있었기에
나는 외롭지 않았다.

내 마음속에 소중한 빛과 꿈이
번개와 같이 활기차게
나의 길을 밝히고 인도하여
당당하고 기쁘게 전진할 때

나를 알아보는 새들이 노래하고
주변의 꽃들이 향기를 날리며 인사하고
무성한 초목이 춤을 출 때
나는 손을 저어 답례했다.

작은 몸짓 하나로 대화를 하며
침묵으로 긴 긴 사연을 전하며
눈빛 하나로 뜻이 통하는
우린 그런 언어를 몰래 사용한다.
조용한 미소로 추운 겨울을 녹이며
잔잔한 숨결로 더운 여름을 식히는
그런 것이 내 안에 있는 힘이라
이 힘으로 나는 남은 여정을 가리라.

끊임없이 끊임없이 너에게 주고 싶은
이 뜨거운 마음
세상이 아무리 힘들어도 이것 때문에
나는 축제와 같은 나날을 살아간다.

여름의 잔상殘像

초목도 바람도 무성하고 싱그럽던
그 여름이 끝났을 때
헤어지기 아쉬워 자정이 지나도록
술잔을 비울 수 없었던
그날 밤이 지나고 나서
나의 창밖 서쪽 하늘에는
붉은 노을이
아름다운 화폭처럼
저렇게 늘 걸려있다.

주체할 수 없이 젊었을 때
그때의 정다운 속삭임과 꿈은
줄 끊어진 연처럼 멀리 가버리고
추억만 미련 속에 깃발처럼 나부끼는데
우리가 함께 숨 쉬던 공간과 시간이
그 싱싱한 여름의 잔상殘像이
선뜻 떠나지 못하는 이 하늘 아래
나는 묵묵히 서서 실눈을 뜨고
흘러간 그 시절의 뒷모습을 바라본다.

심야의 기도

초판인쇄 | 2023년 11월 1일
초판발행 | 2023년 11월 7일

지은이 | 미이클 이
펴낸이 | 서영애
펴낸곳 | 대양미디어

04559 서울시 중구 퇴계로45길 22-6(일호빌딩) 602호
전화 | (02)2276-0078
팩스 | (02)2267-7888

ISBN 979-11-6072-119-5 03810

값 13,000원